Mrs. Learys Kuh

Eine Legende von Chicago

CC Hine

Writat

Diese Ausgabe erschien im Jahr 2024

ISBN: 9789359949932

Herausgegeben von
Writat
E-Mail: info@writat.com

Inhalt

„URSPRUNG DES CHICAGO-FEUERS.

„Auf der anderen Seite dieser Karte finden Sie ein lebensechtes Bild von Mrs. Leary und der Kuh, die die Lampe umgeworfen hat, die den großen Brand in Chicago verursacht hat.

„Mrs. Leary verdiente ihren Lebensunterhalt mit dem Verkauf von Milch; sie hatte fünf Kühe und hielt sie in ihrem Stall in der De Koven Street auf der Westseite des Flusses. Eine Nachbarin rief sie um neun Uhr wegen eines halben Liters Milch an. Am Sonntagabend, dem 8. Oktober, ging Mrs. Leary, nachdem sie alles verkauft hatte, mit ihrer Lampe in den Stall, um einen weiteren Schluck für ihre beste Kuh zu machen. Die Kuh war, wie auf dem Bild zu sehen, ein temperamentvolles Tier empört über den Versuch, warf die Lampe um, setzte die Scheune in Brand und löste so den größten Brand aus, den die Welt je gesehen hat.]

FRAU. LEARYS KUH.

Das ist die Kuh, am Leary-Hintertor,
Wo sie in der Nacht vom 8. Oktober stand,

Mit ihrem alten, zerknitterten Horn und ihrem kriegerischen Huf,

Warnung an alle „Nachbarinnen", Abstand zu halten.

Ah! Das ist die Kuh mit dem zerknitterten Horn

Dadurch wurde die Lampe umgeworfen, was die Scheune in Brand setzte

Das hat den großen Brand in Chicago verursacht!

DAS ist Chicago, ganz verwüstet und verbrannt,

Das Paradies, wohin sich Versicherungsmänner wandten;

Aber von dem sie jetzt traurige Gesichter wegbringen,

Zutiefst verärgert über die Verluste, die sie bezahlen müssen,

Seit der Feuerteufel an diesem Tag die Stadt umzingelte.

Und sie beschimpfen die Kuh mit dem zerknitterten Horn

Dadurch wurde die Lampe umgeworfen, was die Scheune in Brand setzte

Das hat den großen Brand in Chicago verursacht!

Dies ist die Rahmenserie aus bester nordischer Kiefer,

Das Bankett, bei dem hungrige Flammen gerne speisen,

Welche Agenten schaffen es so oft , *nicht* abzulehnen,

Aber schreiben Sie (in ihre Slop-Bowls) eine „gemäßigte Linie"

Weil – verstehen Sie nicht – die Kommunen so gut sind?

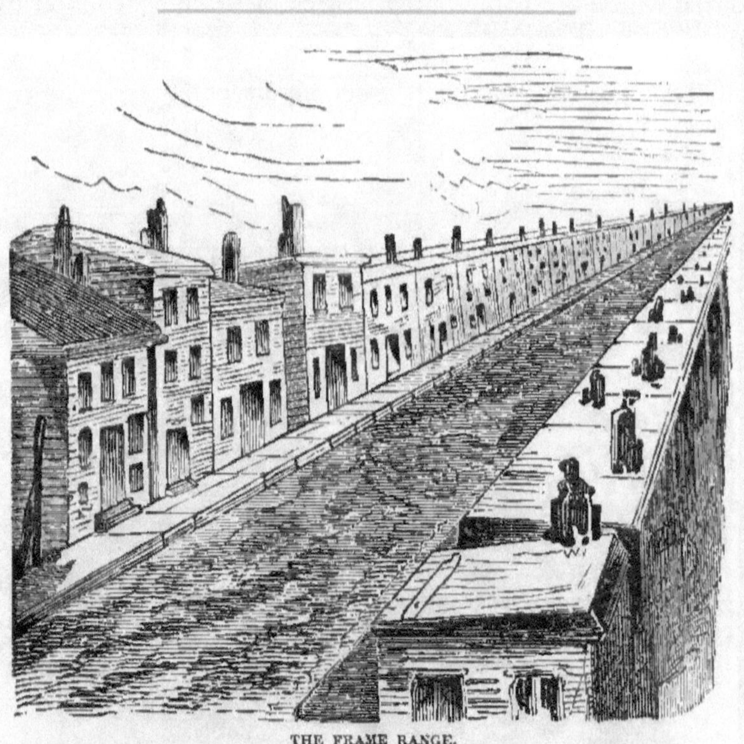

THE FRAME RANGE.

Ha! Das ist das Sortiment, das man gerne trägt

Der Passagier brennt über der Fähre des Teufels,

Und nutzen Sie Unheil, indem Sie es schneller verbreiten

Dann könnten Männer mit der schrecklichen Katastrophe mithalten.

Wie traurig und wie seltsam sind jetzt die Erinnerungen

Die um die Fersen dieser alten Leary-Kuh hängen –

Diese elende alte Kuh mit dem zerknitterten Horn

Dadurch wurde die Lampe umgeworfen, was die Scheune in Brand setzte

Das hat den großen Brand in Chicago verursacht!

DAS ist die Gesellschaft, düster und düster,

Was zugibt, dass es ein paar (?) Verluste gibt, ja, *einige!*

Aber ihre Beamten glauben, dass ihr bestes Motto „Mama" ist.

Während sie ihr graues Kinn streicheln und weise aussehen und stumm singen;

Während sie drinnen beten: „Guter Gott, bitte erlöse."

Unsere Seelen aus der Angst vor dem Empfänger des alten Miller.

Und sie betrachten es mit dem erbittertsten Hass

Diese aufstoßende Kuh an O'Learys Hintertor,

Als sie in der Nacht des 8. Oktober dastand,

Als sie gegen die Lampe trat, die die Scheune in Brand setzte

Das hat den großen Brand in Chicago verursacht!

Dies ist die Erklärung des Unternehmens:

(Direktoren und Offiziere dicht aufgereiht,

Um das Glas weicher zu machen, wenn es auf die Höhe trifft ,

Wo die Millionenverluste bezahlt werden müssen.)

„Unsere Agenturunterlagen bedauern wir zutiefst,

Sind in Chicago verbrannt, sind draußen im Nassen,

Oder es gibt, h-m, es gibt ein kleines Hindernis,

Irgendetwas, etwas Sand oder etwas Sediment

Ist ins Schlüsselloch geraten, hat das Schloss durcheinander gebracht,

Oder die Dividenden gestrichen, die Aktien verwässert,

Oder eine Kleinigkeit, die noch nicht ganz in Sicht ist;

Aber der *Gesellschaft* , Sir, geht es gut, es geht ihr gut;

THE STATEMENT THE COMPANY MADE.

Unser Überschuss ist sicher und unser Vorrat ist intakt,

Unsere Verluste sind alle rückversichert – warum eigentlich?

Wir haben in unserer gesamten offiziellen Laufbahn niemals

Fühlte mich fröhlicher und festlicher , voller Fröhlichkeit.

Legen Sie einfach die Preise fest und machen Sie mit dem Geschäft weiter,

Diese Verluste werden alle im Handumdrehen arrangiert.

Das, was wir im Handumdrehen geklärt haben,

Und das nächste, was Sie hören werden, wird zehn Prozent sein, geteilt.

Aber du hättest sie sehen sollen, als im Hinterzimmer

Sie schütteten Anathemas aus wie ein Mühlenkanal

Auf dieser alten Leary-Kuh mit dem zerknitterten Horn

Dadurch wurde die Lampe umgeworfen, was die Scheune in Brand setzte

Das hat den großen Brand in Chicago verursacht!

DAS ist November, einen Monat nach dem Brand;

Und die ermittelten Verluste fallen immer höher aus.

Wenn die Zahlen steigen, sinken die langen Gesichter,

Bis der Vor-Monats-Booster wie ein Clown auftritt.

Der Trick der Täuschung wird für eine Täuschung gehalten;

Die Leute sagen *Betrug* , und die Agenten sagen ——————,

Und die grimmigen alten Empfänger rufen nach den Schlüsseln,

Die Vermögenswerte, die Papiere, die Bücher, bitte.

AND SQUEEZE HIMSELF THROUGH THE SMALL END OF A HORN.

Von allen unwillkommenen Dingen, die diese Welt jemals gesehen hat,

Das Bitterste ist ein *Pflichtgeschmack* .

Für eine große Würde, stolz und hochgeboren,

Wer behauptet, sein Status sei strahlend wie der Morgen,

Um herunterzukommen und den Mais demütig anzuerkennen,

Und quetscht sich durch das kleine Ende eines Horns,

Schlägt vor, dass das vorzeitige Krähen etwas weniger vorkommt,

Ein bisschen mehr System, ein bisschen mehr Wissen,

Einige besser geführte Bücher und genauere Darstellungen,

Sind auf lange Sicht das Beste für unsere Underwriter,

Um ihnen das Spott und den Spott der Verleumder zu ersparen,

Der Spott der Öffentlichkeit, die Witze der Schriftsteller,

Und ein Wurf von der Kuh mit dem zerknitterten Horn

Dadurch wurde die Lampe umgeworfen, was die Scheune in Brand setzte

Das hat den großen Brand in Chicago verursacht!

DAS ist der Kläger, so rein und so mild,

Mit seinem Herzen und seinen Manieren so langweilig wie ein Kind,

Dessen Liebenswürdigkeit niemals geärgert wird,

Und dessen bescheidene Forderungen mit seinen Verlustnachweisen eingereicht werden.

Sein Eigentum kostete, wie er aus seinen Taten nachweist,

Eine Summe, die das Zehntausendfache übersteigt

Die kleine Versicherung, auf die er jetzt plädiert.

Seine Waren waren zwar größtenteils ausverkauft;

Sein Gebäude war innen und außen eine Hülle

War mit billigem Stein, dünnem Eisen oder Fugenmörtel furniert;

Aber *sein Wort* , segne meine Seele! Wer könnte einen Zweifel hegen,

Ist es wahr oder genau?

Also steckt er sein Geld ein und verdreht die Augen.

Dieser sanftmütige Mann mit einer fröhlichen Überraschung;

Und er reibt seine beiden Hände mit unschuldiger Freude,

Ich bin mir sicher, dass es deinem Herzen gut tun würde, zu sehen,

Als er die Kuh mit dem zerknitterten Horn *segnet*

Dadurch wurde die Lampe umgeworfen, was die Scheune in Brand setzte

Das hat den großen Brand in Chicago verursacht!

DAS ist ein Justierer! Jetzt öffne deine Augen.

Ein Mann, der das Handwerk der Raubgier beherrscht!

AN ADJUSTER, (AS THE CLAIMANT REGARDS HIM.)

Er wird Ihre Ansprüche kürzen, er wird Ihre Beweise zerschneiden,

Er wird Ihren Fall in allen Einzelheiten durchleuchten.

Und durchsuchen Sie alle Ihre Häuser vom Keller bis zum Dach

Für einen Splitter, mit dem er einen Streit beheben kann

Und begrenzen Sie Ihren Anspruch auf einen Happen oder einen Snack.

Und dann, wenn Sie denken, dass er zur Zahlung bereit ist

Er wird dafür sorgen, dass Sie es bereuen, dass Sie jemals Anspruchsteller waren,

Indem wir Ihnen für diese sechzig Tage einen Rabatt gewähren,

Oder Sie mit unnötigen Verzögerungen noch mehr zu ärgern.

Diese schrecklichen Einsteller! sie sollten sich schämen

Einen so laut diffamierten Beruf ausüben.

„Was nützt eine Versicherung, wenn es nicht darum geht, Verluste zu bezahlen?

Und warum all diese Fragen und Ärgernisse und Kreuze?

Und warum werden wir behindert und warum werden wir kontrolliert?

Versicherer können Ansprüche geltend machen (wenn Sie nur darüber nachdenken)

wir nicht ablehnen dürfen;

Keine Rechte, die das Volk respektieren muss.

Sie müssen lächeln und geduldig sein und ihre Handtaschen rausholen,

Und nimm, was wir ihnen geben, unsere Tritte oder unsere Flüche;

Verneige dich vor der Kuh mit dem alten, zerknitterten Horn

Dadurch wurde die Lampe umgeworfen, was die Scheune in Brand setzte

Das hat den großen Brand in Chicago verursacht!“

DAS ist Versicherung. Nun, Satire, lebe wohl!

Für das Leid, das die vom Feuer heimgesuchte Stadt erduldete ,

Muss wie der Klang einer Schicksalsglocke geläutet haben,

RELIEF IN HER HANDS AND DELIGHT ON HER WINGS.

Durch die Jahre der Erschöpfung, der Verstopfung und der Verzögerung,

Was auf die traurige Weise unerträglich in die Länge ziehen würde,

Durch die ihre Erlösung und ihr Aufstieg liegen müssen,

Hätte die Versicherung nicht geschnellt, wie ein Engel, der bringt

Erleichterung in ihren Händen und Freude auf ihren Flügeln.

Alle Ehre erweisen wir dem Handwerk, das wir lieben;

Sein Motto ist das Wort von oben;

Das Wort, das einst von der allmächtigen Liebe gesprochen wurde.

Die Lasten eines jeden in der Versicherung, die wir tragen,

Und seine Vorteile teilen alle Teilnehmer.

www.ingramcontent.com/pod-product-compliance
Lightning Source LLC
LaVergne TN
LVHW091145180726
843490LV00008B/3223